孩子从这里读懂中国

我们的诗词歌赋

叶朗 朱良志 著

青岛出版集团 | 青岛出版社

图书在版编目（CIP）数据

我们的诗词歌赋 / 叶朗, 朱良志著. — 青岛 : 青岛出版社, 2024.1

（孩子从这里读懂中国）

ISBN 978-7-5736-1876-4

Ⅰ.①我… Ⅱ.①叶… ②朱… Ⅲ.①古典诗歌—中国—少儿读物 Ⅳ.①I222

中国国家版本馆CIP数据核字（2024）第022829号

WOMEN DE SHICI GEFU（HAIZI CONG ZHELI DUDONG ZHONGGUO）

书　　名	我们的诗词歌赋（孩子从这里读懂中国）
著　　者	叶　朗　朱良志
出版发行	青岛出版社
社　　址	青岛市崂山区海尔路182号（266061）
本社网址	http：//www.qdpub.com
邮购电话	0532-68068091
责任编辑	刘克东　万延贵
插　　图	刘　瑶
封面设计	青岛乐唐视觉设计工作室
装帧设计	青岛乐唐视觉设计工作室
照　　排	青岛乐喜力科技发展有限公司
印　　刷	青岛北琪精密制造有限公司
出版日期	2024年1月第1版　2024年1月第1次印刷
开　　本	16开（710mm×1000mm）
印　　张	8.5
字　　数	80千
书　　号	ISBN 978-7-5736-1876-4
定　　价	32.00元

编校印装质量、盗版监督服务电话：4006532017　0532-68068050

目录

诗经：中国现实主义诗歌的源头

003　不学《诗》，无以言
006　田间地头的采诗官
008　谦谦君子，温润如玉
011　天地有大美
014　源远流长

楚辞：中国浪漫主义诗歌的源头

019　何为楚辞？
021　忠贞不屈，惨遭贬谪的一生
023　《离骚》：用生命铸就的壮丽篇章
025　《橘颂》："咏物之祖"
027　影响深远

乐府诗：继承现实主义传统

031 汉乐府
035 朗朗上口，老少咸诵
039 感于哀乐，缘事而发
041 深远影响

唐诗：中国人的千古绝唱

046 杜甫诗的沉郁之美
050 杜甫诗的影响
053 李白诗的飘逸之美
059 李白诗的影响
060 王维诗的空灵之美
066 王维诗的影响

宋词：心灵世界的歌吟

071 讲究意象和情趣
074 "且向花间留晚照"
079 "众里寻他千百度"
082 "多情自古伤离别"
086 "何处是归程，长亭连短亭"
094 地位和影响

明清小说：在艺术享受中品味人生

100 《三国演义》：三国历史的全景画
105 《水浒传》：英雄人物性格的塑造
108 《西游记》：孙悟空的英雄主义精神
116 《红楼梦》："有情之天下"毁灭的悲剧
124 深远影响

诗经：中国现实主义诗歌的源头

- 不学《诗》，无以言
- 田间地头的采诗官
- 谦谦君子，温润如玉
- 天地有大美
- 源远流长

中国是最有诗意的地方,自古便是。

"桃之夭夭,灼灼其华。"读完,你眼前是阳春三月绽放的桃花。"蒹葭苍苍,白露为霜。"读完,你感受到的是深秋的冷寂与落寞。

"呦呦鹿鸣,食野之苹。我有嘉宾,鼓瑟吹笙。"读完,你耳边仿佛响起瑟笙奏出的美妙音乐,眼前是君臣宴乐的场景。

不学《诗》,无以言

《诗经》最早并不是一本书,

◎[日]冈元凤纂辑《毛诗品物图考》中的"蒹"插图

而是先秦人们唱的歌谣,被记录下来之后,就成了"诗"。贵族子弟自小即习诗、唱诗,所以成年以后,才能在各种交际场合以诗代言赋志达情。孔子说"不学《诗》,无以言",大致的意思就是,你不读《诗经》,就没办法跟别人对话。到西汉的时候,人们认为"诗"里面的情感,对人有很大的教化作用,这就变成了"经"。自此,《诗经》才开始和《周易》《礼记》《尚书》《春秋》放在一起,被称为"五经"。

历史上有一个很有意思的故事。战国时期的魏文侯,赏赐给自己的儿子中山君一件礼物,竟然是一套衣服,还吩咐这套衣服必须要在天亮鸡鸣之前送到。

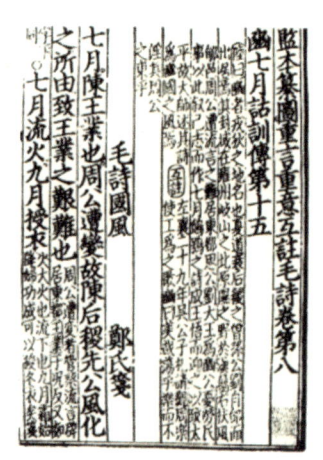

◎《诗经》书影

过去的衣服，上下衣是分开的，上身穿的叫衣，下身穿的叫裳，中山君收到衣服，打开一看，发现不太对劲儿，那套衣服放反了，下身的裳放在上面，上身的衣反而放在底下，中山君立刻说："快为我备车，我要进国都，君侯召见我了。"

当时，国君分封出去的儿子，如果没有国君的召见，私自进国都，那可是重罪。但中山君为什么没有被召见，反而那么笃定地认为他父亲要召见他呢？这是因为，他父亲送给他的不是一套衣服，而是一句诗："东方未明，颠倒衣裳；颠之倒之，自公召之。"

这是《诗经·齐风》里的句子。因为中山君自小熟读《诗经》，当他看到那套在天亮之前送到的衣裳，还上下颠倒的时候，自然就明白了父亲的用意。天亮之前就是"东方未明"，衣服上下颠倒就是"颠倒衣裳"，"颠之倒之，自公召之"，就是说君侯在召见他了。

田间地头的采诗官

在西周和春秋时期,设了一个专门采诗的官职,这个在《公羊传》里有非常详细的记载:男六十岁,女五十岁,如果没有子嗣,官方就让他们到乡间去采集诗歌,然后呈送朝廷。他们采集这些诗歌做什么呢?《汉书·艺文志》中说:"故古有采诗之官,王者所以观风俗,知得失,自考正也。"由此可见,设置采诗官的周王们,初衷是要稳固自己的江山,商汤亡国的结局警示着他们,于是倾听庶民之声被他们作为一种制度传承了下来。

像《诗经》里的三百零五首诗,大部分都是当时的采诗官从田间地头一首一首地采集来的。我们可

以想象一下几千年前那些采诗官们采诗的场景：他们从周南走到召南，从郑地走到齐地，再从魏地走到秦地，神色庄重地把这片大地上的诗歌像珍宝一样收集起来，记在竹简上。他们收集的大量诗歌，大都消失在历史的长河中，最后留存下来的只有《诗经》里的三百多首。

谦谦君子，温润如玉

周公治礼作乐，通过礼乐教化来维护等级秩序和社会的稳定。礼乐文化对后世影响深远。春秋时期，天下四分五裂，礼崩乐坏，

◎南宋马和之《诗经图卷》之一，描绘宫廷准备祭祀的场景。

孔子就以周公为榜样，一心想恢复礼乐文明，而且身体力行，用《诗经》（当时又称《诗》）来教化弟子。

◎南宋马和之《诗经图卷》中的《小雅·出车》插图，描绘战车出行的场面。

　　《诗经》里有祭祖颂歌、宴飨诗、战争诗、婚恋诗等，展示了周代礼乐文明的繁盛。礼是乐的内容；乐是礼的表现形式，是配合礼仪的舞乐。

　　《诗经》以四言为主，偶尔也有杂言，节奏韵律特别明显，一唱三叹，朗朗上口。可想而知，一个吟诵着《诗经》长大的人，一定是恭敬谦让、温和守礼的；一个重视礼仪和文化教养的社会也一定是井然有序、安定和谐的。

◎民国《五彩绘图监本诗经》之《关雎》插图,描绘"关关雎鸠"的意境。

"瞻彼淇奥,绿竹猗猗。有匪君子,如切如磋,如琢如磨。瑟兮僩(xiàn)兮,赫兮咺(xuān)兮。有匪君子,终不可谖(xuān)兮。"淇水弯弯,碧竹连连。有一位君子,切磋起学问来精益求精,而且品性良善,神态庄重,胸怀宽广,真的让人看了一眼就难以忘记。由此可见,谦谦君子,温润如玉,是中华民族从古到今一直追求的理想人格。

天地有大美

薄雾弥漫的清晨,一群年轻女子说说笑笑,拨开沾满露水的草叶上山去采车前子。沿路的河流清澈明亮,少女们驾着小舟采摘水里的蘋菜和水藻,一边采还一边唱:"于以采蘋,南涧之滨;于以采藻,于彼行潦。"年轻健硕的小伙子们,望着少女美丽的背影,划着小船上下追逐。

这就是《诗经》里的

◎ 近代潘振镛《采莲图》

◎［日］冈元凤纂辑《毛诗品物图考》中的"蒌"插图

世界,自然气息浓重,雾气朦胧、满目青绿,静谧而又蛮荒。

先民们依水而居,在大地上劳作、采摘、围猎、捕鱼,对周遭的一切充满了好奇。那个时候,很多的花草树木,很多的虫鱼鸟兽,都还没有名字,人们提到它们的时候,还需要用手指指点点。

《诗经》本身就像当时的人们对自然万物进行命名活动的记录:看到水里面的,这个水草叫荇菜,那个叫香蒲,还有芦荻、泽兰、荷花;

◎［日］冈元凤纂辑《毛诗品物图考》中的"蘩"插图

看到陆地上的花花草草,这个叫苌楚,那个叫葛藟,还有芄兰、苤苢、芍药、白茅;再到山坡上的,有桃树、楠树、梅树、檀树、唐棣、山楸、扶苏;还有那些天上、地上飞翔奔跑的鸟兽——雎鸠、仓庚、黄鸟、麋鹿、大象、豺狼。

◎[日]冈元凤纂辑《毛诗品物图考》中的"鼠"插图

那个时候,人们是生活在山水里的,人们的喜怒哀乐与自然万物是连接在一起的。有人统计过,《诗经》三百零五首诗里面,涉及的草本植物有一百多种,木本植物接近一百种,还有几十种鸟和近百种野兽,以及几十种虫类和鱼类。不光有名字,还有不绝于耳的声音,关关雎鸠、交交黄鸟、呦呦鹿鸣、嘒嘒蝉鸣……这些声音,从远古到现在,响彻了几千年。就连孔子也惊叹,一部《诗经》居然可以装得下这么多的草木,这么多的虫鱼鸟兽,这么多的自然声响。

源远流长

秦代曾经焚毁包括《诗经》在内的所有儒家典籍。但由于《诗经》是易于记诵的、士人普遍熟悉的书，所以到汉代又得到流传。汉初传授《诗经》的有齐诗、鲁诗、韩诗、毛诗四家。齐、鲁、韩三家是官方承认的学派，毛诗是民间学派。但到了东汉以后，毛诗反而日渐兴盛，并为官方所承认，前三家则逐渐衰落了。今天我们看到的《诗经》，就是毛诗一派的传本。

无论是形式体裁、语言技巧，还是艺术形象和表现手法，《诗经》都显示出我国最早的诗歌作品在艺术上的巨大成就，是中国现实主义文学的光辉起点。由于其内容丰富，加之其思想和艺术上的高度成就，在中国以至世界文化史上都占有重要地位。《诗经》

开创了中国诗歌的优秀传统，对后世文学产生了深远的影响。

《诗经》的影响还越出中国的国界而走向全世界，日本、朝鲜、越南等国很早就传入汉文版《诗经》；从 18 世纪开始，又出现了法文、德文、英文、俄文等译本。

楚辞：中国浪漫主义诗歌的源头

○ 何为楚辞？
○ 忠贞不屈，惨遭贬谪的一生
○ 《离骚》：用生命铸就的壮丽篇章
○ 《橘颂》：「咏物之祖」
○ 影响深远

何为楚辞？

唐代大诗人李白非常仰慕屈原，写诗赞道："屈平辞赋悬日月，楚王台榭空山丘。"意思是说，屈原的辞赋诗篇，像日月一样照耀着我们，而那个贬了屈原的官、流放了屈原的楚王呢？他曾经建造的亭台楼榭早已荡然无存。然而，屈原正直不屈、忠贞爱国的精神却借由他的诗歌流传了下来。

在屈原之前，没有人像屈原这样以一个文人的身份，自觉地创作诗歌——既为了抒发内心喷薄欲出的情感，又彰显了自我的人生态度和精神追求。所以，屈原是中国历史上第一个以个人显名的大诗人。

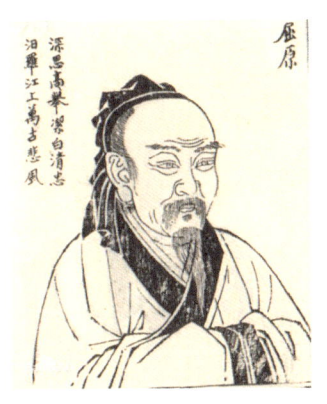
◎屈原画像

◎明代陈洪绶《离骚》插图

屈原写了一首长诗,叫《离骚》,还写过《九歌》《九章》《天问》等诗。这些诗,包括据说是屈原弟子的宋玉等人的诗歌,都具有楚国特色,"书楚语,作楚声,纪楚地,名楚物",后来就被称为"楚辞"。

西汉时,一个叫刘向的人将这类作品汇编成集,称为《楚辞》,名字就定了下来。楚辞明显突破了《诗经》的四言格式,扩大了诗句的涵量,提高了诗歌的表现力,而且辞藻华美,想象力丰富而神奇,具有浓郁的浪漫主义色彩。

忠贞不屈，惨遭贬谪的一生

屈原，出身楚国贵族，年青时就表现出杰出的才能，做了楚怀王的左徒，协助怀王谋划国家大事，发布政令；对外接待各国使者，处理外交事务，深得楚怀王的信任。

另一位大臣靳尚一心想争得怀王的宠幸，十分嫉妒屈原的才能。一次，楚怀王让屈原制订法令，屈原起草完，还未定稿，靳尚见了就想强行更改它，以此来邀功，屈原不同意。靳尚就在楚怀王面前诋毁屈原："大王叫屈原制订法令，大家没有不知道的，每一项法令发出，屈原就夸耀自己的功劳说：'除了我，天下无人能做。'"怀王很生气，认为自己给予屈原的权力过大，便开始逐渐疏远屈原。

这之后，楚国一再被强大的秦国欺压，屈原多次劝谏楚怀王不要相信张仪，不要赴秦国与秦王相会，都没有被采纳，无奈之下，只得离开了郢都。楚怀王在秦国郁郁而终后，顷襄王即位，屈原再次受到小人谗害，被顷襄王放逐。后来，在得知秦将白起攻破楚国都城后，屈原悲愤交加，怀石自沉于汨罗江，以身殉国。

《离骚》：用生命铸就的壮丽篇章

《离骚》是屈原的代表作，是一首激情澎湃、规模宏大的政治抒情诗，是一篇现实主义与浪漫主义相结合的艺术佳作。

在《离骚》中，屈原反复地陈述他希望楚国美好强盛的愿望，然而，现实屡屡让他失望。他郁闷无比，曾想过退而自保，独善其身；也有人劝他去国远游，另寻出路，但经过一番上天入地的追寻之后他仍然不肯放弃自己的愿望，最后终于说："既莫足与为美政兮，吾将从彭咸之所居。"彭咸，相传是殷商时的贤大夫，谏其君不听，投水而死。屈原说，在楚国既然已经实现不了美好的政治，那么我活着还有什么意义和价值？我宁可和彭咸一样长眠于地下，也不能与那些龌龊的小人同存于混浊的世间。

在《离骚》这首长诗里，包含着诗人一种殉身无悔的执着感情，也就是"亦余心之所善兮，虽九死其犹未悔"。后世诗人继承了《离骚》的这种精神，他们在诗歌中不但追求理想的政治和社会，也追求理想的人格，从而留下了许多感人至深的诗篇。

《橘颂》:"咏物之祖"

南国多橘,楚地更可以称之为橘树的故乡。不过橘树的习性也很奇怪,只有生长于南土,才能结出甘美的果实,若是将它迁徙北地,就只能得到又苦又涩的枳实了。在深深热爱故国乡土的屈原看来,这种"受命不迁,生南国兮"的秉性,正可与自己矢志不渝的爱国情志相通。所以,在遭谗被疏、赋闲郢都期间,他即以南国的橘树作为砥砺志节的榜样,深情地写下了一首咏物名作《橘颂》。

◎古籍中的屈原《橘颂》诗意图

从现世所能见到的诗作看,《橘颂》称得上是我国诗歌史上第一首咏物诗,南宋诗人刘辰翁称之为"咏物之祖"。

在《橘颂》一诗中,屈原借橘树赞美坚贞不移的品格。作者认为橘树是天地间最美好的树,因为它不仅外形漂亮,"文章烂兮""精色内白",而且它有着非常珍贵、美好的内在精神。比如,它天生不可移植,只肯生长在南国,这是一种一心一意的坚贞和忠

诚；再如它"深固难徙，廓其无求""苏世独立，横而不流"，这使得它能坚定自己的操守，公正无私。最后，作者表达了自己愿意以橘树为师，与之生死相交的愿望，这也是作者高洁志向的体现。

影响深远

楚辞是在楚国民歌的基础上经过加工、提炼而发展起来的，具有浓郁的地方特色。

《楚辞》在中国诗歌史上占有重要的地位。它的出现，打破了《诗经》以后两三个世纪诗坛的沉寂并大放异彩。后人也因此将《诗经》与《楚辞》并称为"风骚"。"风"指十五国风，代表《诗经》，充满着现实主义精神；"骚"指《离骚》，代表《楚辞》，充满着浪漫主义气息。风、骚成为中国古典诗歌现实主义和浪漫主义创作的两大流派。

乐府诗：继承现实主义传统

- 汉乐府朗朗上口，老少咸诵
- 感于哀乐，缘事而发
- 深远影响

汉乐府

乐府初设于秦朝，是当时"少府"下辖的一个专门管理乐舞演唱教习的机构，但那时虽有乐府之名，却无采诗之实。

汉初沿袭秦制，也设有乐府令，但乐府仍然有名无实。公元前112年，汉王朝在汉武帝时正式设立乐府。它的职责是采集民间歌谣或文人的诗来配乐，以备朝廷祭祀或宴会时演奏之用。

汉武帝时，国力空前强盛，乐府的地位随之上升。汉武帝命人"采诗夜诵，其辞大备"。在皇帝的重视下，乐府除了组织文人创作朝廷所用的歌诗外，还广泛搜集各地歌谣。它搜集整理的诗歌，后世就叫"乐府诗"，或简称"乐府"。它是继《诗经》《楚辞》

◎ 汉代百戏图(局部)

后而起的一种新诗体。

汉高祖刘邦平定英布叛乱后,在还军途中,路过家乡沛县,与家乡的父老乡亲聚会。大家喝酒吃肉,好不痛快,情绪激动,情之所至,刘邦忍不住引吭高歌,创作了一首《大风歌》:

大风起兮云飞扬,
威加海内兮归故乡,
安得猛士兮守四方!

全诗共三句,由过去而现在而将来,浑然一体。语言质朴,风格雄劲。整首诗凝聚着刘邦对帝业和故土的感情,表达了他既能创业又能守业的豪迈气概。

汉哀帝时期,哀帝本人不喜欢音乐,加上乐府对社会道德的消极影响,繁荣了一百多年的乐府被取消了。曾经的宫廷乐师只得散落民间,一定程度上促进了宫廷音乐和民间音乐的相互交流。

乐府作为机构虽然消亡了，但乐府诗却以极强的生命力流传了下来，而"乐府"一词则从官署名转变成诗体名。到了中唐，面对乐府诗多袭用旧题的现象，诗人白居易和元稹开展了一场以创作新题乐府诗为中心的诗歌革新运动，白居易还倡导"文章合为时而著，歌诗合为事而作"，这就是历史上有名的"新乐府运动"。

北宋时期，一位通晓音律的诗歌狂人对乐府诗情有独钟，以一己之力编纂了一百卷的《乐府诗集》，

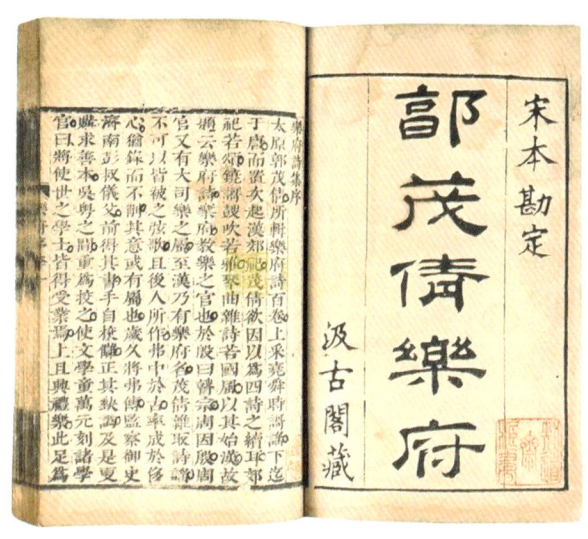

◎《乐府诗集》书影

他就是郭茂倩，因为保存了诸多乐府诗史料而得以在文学史上名扬千古。

朗朗上口，老少咸诵

在"部编本"小学语文教材一年级上册中，有一首小学生耳熟能详的汉乐府《江南》：

江南可采莲，
莲叶何田田。
鱼戏莲叶间。
鱼戏莲叶东，
鱼戏莲叶西，
鱼戏莲叶南，
鱼戏莲叶北。

读完这首诗，一幅江南水乡人采莲的美丽画卷就

铺展在眼前：碧叶鲜丽、荡舟穿行、莲叶田田、鱼戏莲叶，耳边还隐约听见采莲人的欢笑声。采莲人是快乐的，看到成群的鱼儿倏忽往来，潜沉浮跃，似乎自己也同鱼儿一样，自由自在，无挂无碍。

这首诗朗朗上口，反复吟诵也不生倦，孩子们读来，心情如鱼儿一般轻松愉快。

和《江南》同样有名的的还有一首《长歌行》，其中的名句更是老少皆知：

青青园中葵，朝露待日晞。
阳春布德泽，万物生光辉。
常恐秋节至，焜黄华叶衰。
百川东到海，何时复西归？
少壮不努力，老大徒伤悲。

春天，园中的葵菜长得正茂盛，青青的叶片上滚动着露珠，在朝阳下闪着亮光，就像一个充满青春活力的少年。紧接着，肃杀的秋天降临，威逼得叶黄枝枯花朵儿憔悴。时光如同东逝的江河，一去不复返。就像自然界的万物有一个春华秋实的过程，人生也有一个少年努力、老有所成的过程。所以，年少力壮必须要珍惜光阴，好好努力。

感于哀乐，缘事而发

汉乐府民歌长短不一，但大都是"感于哀乐，缘事而发"。各个阶层的人都乐于通过歌谣来记录生活或表达情感，具有很强的现实针对性。所以，我们既能从中看到劳动人民的悲惨，又能看到权贵阶层的奢靡。比如《相逢行》里有四句描绘了上流社会富贵之家奢华的生活场景：

黄金为君门，白玉为君堂。
堂上置樽酒，作使邯郸倡。

而《东门行》一诗,则描写的是一个生活在社会底层的男子,由于不甘再忍受官府的残酷压榨,被迫铤而走险的故事:

出东门,不顾归。
来入门,怅欲悲。
盎中无斗米储,还视架上无悬衣。
拔剑东门去,舍中儿母牵衣啼:
"他家但愿富贵,贱妾与君共铺糜。
上用仓浪天故,下当用此黄口儿。今非!"
"咄!行!吾去为迟!白发时下难久居。"

这首诗写到诗人出东门的时候,就不想着再回来了,因为回到家走进门毫无欣喜,只有说不尽的惆怅与悲愁。瞧见米罐里没有多少粮食,回过头看衣架上没有衣服。他对生活已然绝望,试图拔剑而起,出去"冒险"搏一线生机。妻子怕他出事,边哭边劝阻:"别人家只希望富贵,我情愿和你吃粥。在上有青天,在下有年幼的孩子。你现在这样做不对!"不料丈夫却说:

"你不要管我了！我已走得太晚了！我已长出白发不再年轻，这种苦日子谁知还能活几天？"

从这首诗可以看出，汉乐府的形式比较自由多样，有三言、四言、五言、六言以及杂言等，语言特别口语化，饱含着真挚情感，传达出人们的爱与憎，具有强烈的感染力。《东门行》中两段简单的对话，从侧面反映出当时朝政腐败、战祸频仍、民不聊生的社会现状，也使人物的形象栩栩如生，跃然纸上。

深远影响

乐府民歌继承从《诗经》开创的现实主义文学精神，发展成为更加丰富、更加具有创作活力的文学形式，在中国诗歌发展史上具有非常重要的地位。

汉乐府民歌对后世诗歌的健康发展，产生了极为深远的影响。这种影响首先表现在现实主义传统的继承上。正是在汉乐府民歌的滋养下，直面人生的汉代诗人创作才逐渐活跃起来，从开始时的模拟到创新，为建安诗坛的繁荣奠定了基础。而诗家所推崇的"建安风骨""魏晋风力"，又是初唐诗歌革新运动的一面旗帜。

从盛唐伟大诗人杜甫所作的"三吏""三别"等不朽诗章，到中唐白居易、元稹标举的"新乐府运动"，再到晚唐皮日休所作的"正乐府"，整个唐代，汉乐府民歌的优良传统都在现实主义诗歌创作中起指导作用。汉乐府民歌所开创的五言诗体，一直是中国古典诗体的主流。

此外，汉乐府民歌在叙事技巧、语言艺术等方面也对后世诗歌创作起到了非常显著的作用。

唐诗：中国人的千古绝唱

- 杜甫诗的沉郁之美
- 杜甫诗的影响
- 李白诗的飘逸之美
- 李白诗的影响
- 王维诗的空灵之美
- 王维诗的影响

中国是诗的国度。尤其在唐代，中国古典诗歌达到全盛时期。唐代近三百年间，涌现出大批优秀诗人和杰出的诗歌作品。清代所编《全唐诗》，收录二千八百多位诗人，共四万九千四百多首诗。唐代诗歌数量极大，题材广泛，意象和风格多样化，出现大量思想性和艺术性完美结合的作品，真正是一个百花齐放的黄金时代。唐诗是中国人的千古绝唱。

值得我们今天吟诵的唐代诗歌太多。这里我们只介绍三位大诗人。因为这三位大诗人的诗歌所蕴含的中国文化的意味和情趣，最有代表性。

杜甫诗的沉郁之美

杜甫诗的美感，用一个词来概括，就是"沉郁"。

"沉郁"的文化内涵，是儒家的"仁"。

儒家的"仁"是一种普遍的人类同情、人间关爱之情，即孔子所说的"泛爱众""爱人"。这种人类同情、人间关爱之情，渗透在杜甫的作品之中，凝结为一种独特的美，就是沉郁。

◎南宋赵葵《杜甫诗意图》

杜甫诗的沉郁,一个特色是对于人间疾苦的深切体验和同情。这是杜甫的个人命运和国家动乱、人民苦难结合在一起,从而引发的体验和感受。杜甫的《北征》《自京赴奉先县咏怀五百字》《兵车行》以及"三吏"(《新安吏》《石壕吏》《潼关吏》)、"三别"(《新婚别》《无家别》《垂老别》)都是这方面的典型。如《兵车行》一开头就描写战争使老百姓妻离子散:"车辚辚,马萧萧,行人弓箭各在腰。爷娘妻子走相送,尘埃不见咸阳桥。牵衣顿足拦道哭,哭声直上干云霄。"结尾对无数士兵在战争中丧失生命发出悲叹:"信知生男恶,反是生女好。生女犹得嫁比邻,生男埋没随百草。君不见,青海头,古来白骨无人收。新鬼烦冤旧鬼哭,天阴雨湿声啾啾!"

"三吏""三别"也是写战争带给人民的灾难。《新婚别》是写"暮婚晨告别"的一对一夜夫妻;《垂老别》是写老翁被征去打仗,与老妻惜别;《无家别》是写还乡后无家可归,重又被征去打仗的士兵。如《新安吏》中的诗句:

肥男有母送,瘦男独伶俜。
白水暮东流,青山犹哭声。

"有母送"描述出母子生离死别之恨,"独伶俜"又写出茫茫无告的悲哀。水流呜咽,和人们的哭声搅成一片。这种沉郁就来自诗人对人间疾苦的深厚的同情。又如《新婚别》中的诗句:

仰视百鸟飞,大小必双翔。
人事多错迕,与君永相望。

"大小必双翔""与君永相望",都是一字一泪,这种沉郁,也是来自真挚的人间关爱之情。

杜甫诗的沉郁,还有一个特色,就是由对人世沧桑的深切体验而引发的一种人生的悲凉感和历史的苍茫感。如写诸葛亮的《蜀相》:"丞相祠堂何处寻,锦官城外柏森森。映阶碧草自春色,隔叶黄鹂空好音。三顾频烦天下计,两朝开济老臣心。出师未捷身先死,长使英雄泪满襟!"这首诗就弥漫着一种人生的悲凉感。又如写王昭君的《咏怀古迹》:"群山万壑赴荆门,生长明妃尚有村。一去紫台连朔漠,独留青冢向黄昏。"则有一种历史的苍茫感。

◎ 清代石涛《杜甫诗意图册》之一

这就是杜甫诗的沉郁之美,它蕴含着一种对于人间疾苦的深厚的同情,同时弥漫着一种人生的悲凉感和历史的苍茫感。如果不是有至深的仁心,如果不是对人生有至深的爱，如果对于人生和历史没有至深的体验，是不可能达到这种境界的。

杜甫诗的影响

杜甫是盛唐向中唐过渡时期的伟大诗人，他忧国忧民，善于把民生的苦难、时代的灾难、个人的不幸结合起来，用典型事例反映社会现实，他的诗歌被称作"诗史"。又由于他善于转益多师，在集大成的同时，为后人开启了无数法门。

从广义上来说，杜甫的集大成，首先是他身上集中了传统知识分子最重要的品质，即忧国忧民、仁民爱物。其次是杜甫集六朝、初盛唐诗歌之大成，形成多种多样的风格。最重要的是，他充分吸收盛唐诗人创造意象和意境的经验，把它融入叙事技巧中，使叙事诗多了一种意境美。他主张转益多师，也因此能成为集大成者。

杜诗众体兼备，自铸伟辞，艺术经验十分丰富，为后来者的进一步发展提供了各种可能，可谓承前启后者。

杜甫之后，白居易、元稹受到杜甫缘事而发、写生民疾苦的写实精神和五言排律夹叙夹议的影响；韩愈、孟郊则受到杜诗散文化、炼字和奇崛的影响，这一类在晚唐更是发展成苦吟一派；李商隐在七律方面学习杜甫，体现出杜诗组织严密而跳跃性极大的特点。积极学习杜甫，使中晚唐出现了许多杰出的诗人。宋代以后，杜甫的地位变得更高，他在中国诗歌史上的影响，历千年而不衰。

更重要的是，杜甫心念国家安危、关怀生民疾苦，这一点对后代士人人格的形成有很大的影响。

李白诗的飘逸之美

李白诗的美感,用一个词来概括,就是"飘逸"。"飘逸"的文化内涵,是道家的"游"。

道家的"游"有两个主题:一是精神的自由超脱,一是人与大自然融为一体。

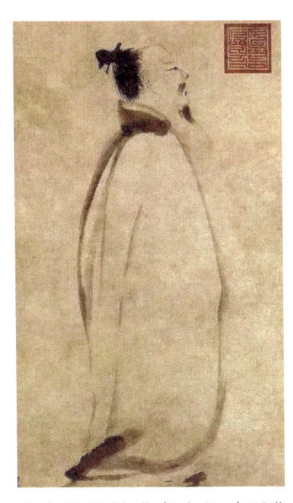

◎南宋梁楷《李白行吟图》

读李白的诗,可以强烈感受到一种自由超脱的精神。"大鹏一日同风起,扶摇直上九万里。""长风破浪会有时,直挂云帆济沧海。"这都是挣脱一切束缚的自由超脱的意象世界,也就是庄子的逍遥无羁的"游"的境界。

同时，人们从李白诗中又可以强烈感受到一种人与大自然融为一体的情趣，如"众鸟高飞尽，孤云独去闲。相看两不厌，只有敬亭山。""扪天摘匏瓜，恍惚不忆归。举手弄清浅，误攀织女机。""西上太白峰，夕阳穷登攀。太白与我语，为我开天关。愿乘泠风去，直出浮云间。举手可近月，前行若无山。一别武功去，何时复更还？"都是人与大自然融为一体的意象世界。

李白最有名的诗篇之一《梦游天姥吟留别》，用丰富的想象力写出了一个缥缈奇幻、色彩缤纷的梦幻的神仙世界："我欲因之梦吴越，一夜飞度镜湖月。湖月照我影，送我至剡溪。""半壁见海日，空中闻天鸡。千岩万转路不定，迷花倚石忽已暝。""洞天石扉，訇然中开。青冥浩荡不见底，日月照耀金银台。霓为衣兮风为马，云之君兮纷纷而来下。虎鼓瑟兮鸾回车，仙之人兮列如麻。"这是一个自由的精神世界，又是一个人的生命与大自然融为一体的世界，总之是一个体现道家的"游"的意趣的艺术世界。

李白诗的这种飘逸之美,给人一种特殊的美感。

飘逸的美感是雄浑阔大、惊心动魄的美感。这种阔大,不是指一般视觉空间的大,而是指超越时空、无所不包的大。像李白的《蜀道难》和《梦游天姥吟留别》这两首著名的长诗,有如雄浑阔大的交响乐,不仅有宏大的空间、宏伟的气势,排山倒海,一泻千里,而且神幻瑰丽,天地间一切奇险、荒怪的情景无所不包,令人惊心动魄。如《蜀道难》:

噫吁嚱,危乎高哉!蜀道之难,难于上青天!蚕丛及鱼凫,开国何茫然。尔来四万八千岁,不与秦塞通人烟。西当太白有鸟道,可以横绝峨眉巅。地崩山摧壮士死,然后天梯石栈相钩连。上有六龙回日之高标,下有冲波逆折之回川。黄鹤之飞尚不得过,猿猱欲度愁攀援。青泥何盘盘,百步九折萦岩峦。扪参历井仰胁息,以手抚膺坐长叹。问君西游何时还?畏途巉岩不可攀。但见悲鸟号古木,雄飞雌从绕林间。又闻子规啼夜月,愁空山。蜀道之难,难于上青天,使人听此凋朱颜！连峰去天不盈尺，枯松倒挂倚绝壁。飞湍瀑流争喧豗，砯崖转石万壑雷。其险也如此，嗟尔远道之人，胡为乎来哉！剑阁峥嵘而崔嵬，一夫当关，万夫莫开。所守或匪亲，化为狼与豺。朝避猛虎，夕避长蛇，磨牙吮血，杀人如麻。锦城虽云乐，不如早还家。蜀道之难，难于上青天，侧身西望长咨嗟！

这是一曲雄浑阔大的交响乐。没有神幻瑰丽、奇险荒怪的情景，就不能构成这样惊心动魄的交响乐。所以杜甫说李白："笔

◎元代赵孟頫绘《蜀道难》

落惊风雨，诗成泣鬼神。"

飘逸的美感是意气风发的美感。李白称赞谢朓等人的诗"俱怀逸兴壮思飞，欲上青天揽明月"。李白自己的很多诗都有这种意气风发、放达不羁、逸兴飞扬的美感。

飘逸的美感是清新自然的美感。李白说："清水出芙蓉，天然去雕饰。"李白的诗天真素朴，没有丝毫的雕琢。这在李白写的绝句和乐府诗中表现得最突出。如："床前明月光，疑是地上霜。举头望明月，低头思故乡。""玉阶生白露，夜久侵罗袜。却下水晶帘，玲珑望秋月。"这些诗都给人清水出芙蓉的美感。

李白的诗，给人雄浑阔大、惊心动魄的美感，给人意气风发的美感，给人清新自然的美感，这就是飘逸之美。

李白诗的影响

李白的诗歌,继承了前代浪漫主义创作的精华,扩大了浪漫主义的表现领域,丰富了浪漫主义手法,这些成就,使他的诗歌成为屈原以后浪漫主义诗歌的新高峰。

李白对唐代诗歌的革新也有杰出的贡献。他继承了陈子昂诗歌革新的主张,在理论和实践上使诗歌革新取得了最后的成功。

李白的诗歌对后代的影响,也是极为深远的。他的诗名在当时已广泛传扬。到唐德宗贞元时期,即785年以后,他的诗集已"家家有之"。中唐的韩愈、孟郊,

大力赞扬他的诗歌，特别是李贺的浪漫主义诗风都是向李白学习的。宋代诗人苏舜钦、苏轼、陆游，明代诗人高启、杨慎，清代诗人龚自珍等也都从他的诗中吸收营养。

此外，宋代以苏轼、辛弃疾为代表的豪放派的词，更是受到李白不少影响。有关李白的种种神奇的传说，更被写入戏剧、小说，广泛流传于民间。

王维诗的空灵之美

◎王维画像

王维诗的美感，用一个词来概括，就是"空灵"。

"空灵"的文化内涵，是禅宗的"悟"。

禅宗主张在普通的、日常的、富有生命的感性现象中，特别是在大自然的景象中，去领悟那永恒的宇宙本体。这就是禅宗的"悟"。一旦有了这种领悟和体验，就会得到一种喜悦。这种禅悟和禅悦，表现在诗歌中，形成一种特殊的美，就是"空灵"。

《五灯会元》记载了天柱崇惠禅师和门徒的对话。门徒问："如何是禅人当下境界？"禅师回答："万古长空，一朝风月。"这是很有名的两句话。"万古长空"，象征着天地的悠悠，这是无限，是永恒。"一朝风月"，则显出宇宙的生机，大化的流行，这是当下，是瞬间。禅宗就是要人们从现实世界当下的生机去悟那宇宙的无限和永恒。因为只有通过"一朝风月"，才能悟到"万古长空"。反过来，只有领悟到"万古长空"，才能真正珍惜和享受"一朝风月"的美。这就是禅宗的"悟"。禅宗的"悟"就是一种瞬间永恒的形而上的体验。

王维的诗，充分体现了禅宗这种"悟"的意蕴。

下面我们看王维的几首诗，这些诗都非常有名。第一首《鹿柴》：

空山不见人，但闻人语响。
返景入深林，复照青苔上。

这一首写的是空山密林中傍晚时分的瞬间感受。"空山不见人"，这是"空"。这时传来了人声。有人声而不见人，似有还无，更显出"空"。只有落日余晖，照在苔藓之上。但这个景色也是暂时的，它将消失在永恒的空寂之中。

第二首《辛夷坞》：

木末芙蓉花，山中发红萼。
涧户寂无人，纷纷开且落。

这一首写一个无人的境界。在空寂的山中，只有猩红色的木兰花在自开自落。木兰花是"色"，是"有"，

而整个环境是"空",是"无"。

第三首《鸟鸣涧》:

人闲桂花落,夜静春山空。
月出惊山鸟,时鸣春涧中。

这一首也是写一个静夜山空的境界。桂花飘落,着地无声。这个世界实在太静了,月亮出来,竟然使山中的鸟儿受惊,发出鸣叫声。

王维的这几首诗,都呈现出一个色彩明丽而又幽深清远的意象世界,而在这个意象世界中,又传达了诗人对于无限和永恒的宇宙本体的体验。这就是"空灵"。

在唐代诗人中,创造"空灵"的诗歌的不仅是王维。常建、韦应物、柳宗元等人的一些广为传诵的诗句也属于"空灵"的范畴。如常建的《题破山寺后禅院》:

清晨入古寺，初日照高林。
曲径通幽处，禅房花木深。
山光悦鸟性，潭影空人心。
万籁此俱寂，但闻钟磬音。

在初日映照之下，古寺、曲径、花木、山光、飞鸟、深潭，还有时时传来的钟磬声，一切都那么清净、明媚，生机盎然，同时又是那么静谧、幽深，最后心与境都归于空寂。这是一个在瞬间感受永恒的美的世界。

人的生命是有限的，而宇宙是无限的。人们往往想要追求无限和永恒，但那是不可能实现的。所以引来了古今多少悲叹。禅宗启示人们一种新

◎唐代王维《江干雪霁图》（局部）

的觉悟，就是超越有限和无限、瞬间和永恒的对立，把永恒引到当下、瞬间，要人们从当下、瞬间去体验永恒。

王维诗给人的美感就是这种"空灵"的美感。"空灵"的美感就是使人们在"万古长空"的氛围中欣赏、体验眼前"一朝风月"之美，从眼前的花开花落，体验到宇宙的永恒。永恒就在当下。这时人们的心境不再是焦灼，也不再是忧伤，而是平静、恬淡，有一种解脱感和自由感，"行到水穷处，坐看云起时"，了悟生命的意义，获得一种形而上的愉悦。

王维诗的影响

王维是中国山水田园诗派的重要代表人物之一，不仅继承和发展了谢灵运开创的山水诗写作传统，还吸纳了陶渊明田园诗的平淡醇美，进而将山水田园诗推向了新的高度,所以在中国诗歌发展中占据着十分重要的位置。

王维的山水诗与前人比较,扩大了诗的内容,增添了诗的艺术风采,使山水诗的成就达到前所未有的高度,这是他对中国古典诗歌的突出贡献。

◎明代黄凤池绘《竹里馆》诗意图

王维的诗在其生前以及后世,都享有盛名。唐代刘长卿、"大历十才子"以至姚合、贾岛等人的诗歌,都在不同程度上受到王维的影响。直到清代,王士禛的"神韵"说,实际上也是以王维诗为宗尚。

宋词：心灵世界的歌吟

○ 讲究意象和情趣
○ "且向花间留晚照"
○ "众里寻他千百度"
○ "多情自古伤离别"
○ "何处是归程，长亭连短亭"
○ 地位和影响

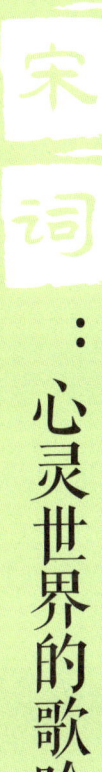

在中国文学史上,历来把宋词与唐诗并称。王国维说"一代有一代之文学",宋词是宋代最有时代特色的代表性文学。

"词"是"曲子词"的简称,是隋唐之际伴随新的音乐即燕乐而产生的一种新体歌诗。这种新的音乐以胡乐为主,以琵琶为主要的伴奏乐器。为了配合这种新的乐曲,从隋唐之际到中晚唐时期,发展起了一种长短句形式的新体歌词,到了宋代,形成了高峰。

讲究意象和情趣

宋词(包括之前的唐五代词)的意象和情趣的特

色，在于它在很大程度上是当时文人（连同市井百姓）的生命情调的直接呈现，是词人的心灵世界的歌吟。可以说，宋词是一种最心灵化的艺术。

从内容上说，宋词有几个关注点：一是关注日常的生活，在普通的日常生活中寻找诗意，体验生命的情趣；二是关注男女爱情，宋词描写爱情生活的名篇特别多；三是关注离别，在亲人、爱人的离别中表现生命的情调；四是超越具体的事件和场景，关注整个人生的意义和价值，寻找一种精神的归宿。

宋词的意象和情趣的这种特色，可能是受到宋代社会的时代环境和文化氛围的影响。学者普遍认为宋代都城开启了中国近世的城市模式，宋代都市生活体现出平民化、世俗化、商业化、娱乐化的特点。在这种城市环境和时代氛围中，宋词就成了当时真正的流行歌曲。

大词人柳永的词,受到当时教坊乐工、歌伎的普遍欢迎。

柳永是北宋婉约派词人的代表,为人放荡不羁,终身潦倒。其词多描绘城市风光和歌伎生活,尤长于抒写羁旅行役之情。创作慢词独多。铺叙刻画,情景交融,语言通俗,音律谐婉,在当时流传很广,对宋词的发展有很大影响。十七八岁女郎,执红牙板,歌"杨柳岸、晓风残月",成为当时歌馆的时髦风尚,以至"凡有井水饮处,即能歌柳词"。像欧阳修这样社会地位很高的文人,也写出"泪眼问花花不语,乱红飞过秋千去"、"离愁渐远渐无穷,迢迢不断如春水"这样缠绵悱恻的词。柳永曾经说:"忍把浮名,换了浅斟低唱!"

宋词作为当时文人的心灵歌吟,是一种时代的歌吟。

"且向花间留晚照"

宋词很多名篇是描写日常生活的美感的。词人享受平凡的生活,并从中感受生命的喜悦。我们先看宋祁的《玉楼春》:

东城渐觉风光好,縠皱波纹迎客棹。绿杨烟外晓寒轻,红杏枝头春意闹。 浮生长恨欢娱少,肯爱千金轻一笑。为君持酒劝斜阳,且向花间留晚照。

这首词写春天来时的一种喜悦的心情。"绿杨烟外晓寒轻,红杏枝头春意闹"是名句。王国维说:"着一'闹'字而境界全出。"用"轻"形容晓寒,用"闹"形容春意,不仅可见宋代词人用词之妙,更可看出宋代词人在日常生活中体验生命之美。词的最后归结为"为君持酒劝斜阳,且向花间留晚照",词人向自己

也向他人发出呼唤,要珍惜生活中短暂的美的瞬间,那是最真实的、最珍贵的。

我们再看晏殊的《踏莎行》:

小径红稀,芳郊绿遍。高台树色阴阴见。春风不解禁杨花,濛濛乱扑行人面。　翠叶藏莺,朱帘隔燕。炉香静逐游丝转。一场愁梦酒醒时,斜阳却照深深院。

这首词先写郊外的风景、树下的光影,再写珠帘隔燕的室内空间,香炉静静地冒出细烟,这些生活中很小的细节衬托出一种绝对宁静的心境。最后两句,"一场愁梦酒醒时,斜阳却照深深院",一觉醒来,时光已经慢慢地消逝了。晏殊的词温润秀洁、和婉明丽,让人在最平淡的日常生活中感受到一种美。

再看晏殊的另一首词《浣溪沙》:

一曲新词酒一杯,去年天气旧亭台。夕阳西下几时回？　　无可奈何花落去，似曾相识燕归来。小园香径独徘徊。

这首词的"无可奈何花落去，似曾相识燕归来"是名句，写出了日常生活中细腻的生命体验。花朵掉落了，燕子归来了，一面是感伤，一面是喜悦，这几乎是人人都有的体验，词人用很美的句子把它写出来了，所以有人说晏殊的伤感如"秋天红叶"。

我们再看苏轼的《蝶恋花·春景》：

花褪残红青杏小。燕子飞时，绿水人家绕。枝上柳绵吹又少，天涯何处无芳草。　　墙里秋千墙外道。墙外行人，墙里佳人笑。笑渐不闻声渐悄，多情却被无情恼。

"花褪残红青杏小"，这是春天的意象，后来被曹雪芹写进了《红楼梦》。"天涯何处无芳草"是广为流传的名句，但很多人未必知道它是苏轼写的。下

◎近代倪田《济南李清照酴醾春去图》（局部）

阕写一个偶然的遭遇，诗人在墙外走路，听到墙里面有位少女一边荡秋千，一边欢笑。一会儿人走了，笑声没有了。生活中很多美好的事情也是这样，偶然遇到，瞬间消失，留下一种莫名的惆怅。这也是一种生命的体验。

我们再看李清照的《如梦令》：

昨夜雨疏风骤，浓睡不消残酒。试问卷帘人，却道海棠依旧，知否？知否？应是绿肥红瘦。

这首小令写女主人公清晨醒来时的一个美好的瞬间，写出了女主人公日常生活中的小情调，以及对生命的感悟。清人评论"'绿肥红瘦'无限凄婉，却又妙在含蓄"。"海棠依旧""绿肥红瘦"等句已成千古名句。

"众里寻他千百度"

宋词（连同唐五代词）中描写男女爱情的名句很多，如"昨夜西风凋碧树，独上高楼，望尽天涯路"（晏殊《蝶恋花》），"衣带渐宽终不悔，为伊消得人憔悴"（柳永《蝶恋花》），"两情若是久长时，又岂在朝朝暮暮"（秦观《鹊桥仙》），等等。名篇也很多，大多是写男女恋情和闺房生活，从中呈现出恋人之间的情调和双方微妙的心灵活动。

我们先看两首色彩明丽、情调欢快的小词。一首是欧阳修的《生查子》：

去年元夜时，花市灯如昼。月上柳梢头，人约黄昏后。今年元夜时，月与灯依旧。不见去年人，泪湿春衫袖。

◎欧阳修画像

"月上柳梢头，人约黄昏后"，多么富有诗意！这两句成了描绘青年恋人约会的名句。虽说今年不见去年的恋人，"泪湿春衫袖"，好像有点儿伤感，但是伤感之中有热烈，总体还是积极欢快的状态。

再一首是晏几道的《鹧鸪天》：

彩袖殷勤捧玉钟，当年拚(pàn)却醉颜红。舞低杨柳楼心月，歌尽桃花扇底风。　从别后，忆相逢，几回魂梦与君同。今宵剩把银釭照，犹恐相逢是梦中。

这首词写当年与恋人的欢会、别后的相思，以及今宵重逢的喜悦。"舞低杨柳楼心月，歌尽桃花扇底风"，写尽恋人欢会的美好和欢乐。

我们再看辛弃疾的《青玉案》：

东风夜放花千树。更吹落，星如雨。宝马雕车香满路。凤箫声动，玉壶光转，一夜鱼龙舞。　蛾儿雪柳黄金缕。笑语盈盈暗香去。众里寻他千百度。蓦然回首，那人却在，灯火阑珊处。

这首词先写上元灯节的热闹景象，火树银花，又写游玩的盛装女子，笑语盈盈，但是主人公没有找到意中人。突然之间，一个回首，在灯火暗淡的角落里发现了他。"众里寻他千百度"，这是生命的追求，"蓦然回首"，这是一个偶然的瞬间、一个千金难买的瞬间，"那人却在，灯火阑珊处"，瞬间成了永恒，这是生命意义的实现。这首词，字面上是写男女之间的约会，实际上表达的是一种审美理想和生命体验。

"多情自古伤离别"

宋词（连同唐五代词）有很多名篇通过描写离别

和思念来表现作者的心灵节奏和生命情调。我们先看晚唐词人温庭筠的几首《菩萨蛮》：

小山重叠金明灭，鬓云欲度香腮雪。懒起画蛾眉，弄妆梳洗迟。　　照花前后镜，花面交相映。新贴绣罗襦，双双金鹧鸪。

水精帘里颇黎枕，暖香惹梦鸳鸯锦。江上柳如烟，雁飞残月天。　　藕丝秋色浅，人胜参差剪。双鬓隔香红，玉钗头上风。

南园满地堆轻絮，愁闻一霎清明雨。雨后却斜阳，杏花零落香。　　无言匀睡脸，枕上屏山掩。时节欲黄昏，无聊独倚门。

第一首描写一位和爱人分别的女子清晨起来梳妆时孤独的心情。词人把这种离愁通过描述这个女子的美来呈现。"小山重叠金明灭，鬓云欲度香腮雪"，已是无比的美，"照花前后镜，花面交相映"，更是加倍的美。而主人公身上绣罗襦上面的"双双金鹧鸪"却映射出主人公孤独、悲凉的心境。

后面两首词把镜头转向窗外景色,"江上柳如烟,雁飞残月天","雨后却斜阳,杏花零落香",用明净清丽的景色来渲染寂寞的情思。后人称赞说,温词是"视觉的盛宴"。

我们再看李煜的两首《相见欢》:

无言独上西楼,月如钩。寂寞梧桐深院锁清秋。剪不断,理还乱,是离愁。别是一般滋味在心头。

林花谢了春红,太匆匆。无奈朝来寒雨晚来风。胭脂泪,留人醉,几时重?自是人生长恨水长东。

这两首词大家都很熟悉,很多句子大家都能背诵。前面一首词现在还重新配了曲被人歌唱。"无言独上西楼,月如钩。寂寞梧桐深院锁清秋""胭脂泪,留人醉"都是很美的意象。这些意象传达出一种悲凉辛酸的人生体验,一种"烟水迷离"的生命情调。

我们再看柳永的《雨霖铃》:

寒蝉凄切。对长亭晚,骤雨初歇。都门帐饮无绪,留恋处、兰舟催发。执手相看泪眼,竟无语凝噎。念去去、千里烟波,暮霭沉沉楚天阔。　　多情自古伤离别,更那堪、冷落清秋节。今宵酒醒何处,杨柳岸、晓风残月。此去经年,应是良辰、好景虚设。便纵有、千种风情,更与何人说?

词的上阕写秋日黄昏的离别,下阕写男主人公的心境。"今宵酒醒何处,杨柳岸、晓风残月",这两句不但为文人欣赏,而且为市井百姓喜爱,成了千古传诵的名句。最后结句"便纵有、千种风情,更与何人说",以问句写尽离情,且留有无穷意味,写出了词人的情感心境。

"何处是归程，长亭连短亭"

宋词（连同唐五代词）中有许多名篇超越了对生活中某个具体事件、场景的感受和体验，而对人生发出一种感叹，这种感叹是词人心灵深处对人生意义和精神归宿的追问。

我们先看被称为"百代词曲之祖"的无名氏（一说李白）的两首词，一首是《菩萨蛮》：

◎ 清代费丹旭《杨柳岸晓风残月词意图》

平林漠漠烟如织，寒山一带伤心碧。暝色入高楼，有人楼上愁。　玉阶空伫立，宿鸟归飞急。何处是归程，长亭连短亭。

再一首是《忆秦娥》：

箫声咽，秦娥梦断秦楼月。秦楼月，年年柳色，灞陵伤别。

乐游原上清秋节，咸阳古道音尘绝。音尘绝，西风残照，汉家陵阙。

两首词都超越一人一时对具体场景的感受，而上升为对整个人生的感受。"何处是归程，长亭连短亭"，就是对人

◎ 清代华岩《竹下把酒图》

生终极意义的追问。人们会联想到《红楼梦》里林黛玉的"葬花辞","天尽头,何处有香丘",也是一种对人生终极意义的追问。

我们再看李煜的《虞美人》,这首词非常有名:

春花秋月何时了,往事知多少。小楼昨夜又东风,故国不堪回首月明中。　雕栏玉砌应犹在,只是朱颜改。问君能有几多愁,恰似一江春水向东流。

这首词也是把个人的伤感上升为对整个人生的感叹,因此在历史上能引起处于各种不同境遇中的人们的共鸣。

最后,我们看苏轼的两首词,一首是《水调歌头》:

明月几时有,把酒问青天。不知天上宫阙,今夕是何年。我欲乘风归去,又恐琼楼玉宇,高处不胜寒。起舞弄清影,何似在人间。　转朱阁,低绮户,照无眠。不应有恨，何事长向别时圆。人有悲欢离合，月有阴晴圆缺，此事古难全。但愿人长久，千里共婵娟。

一首是《念奴娇·赤壁怀古》：

大江东去，浪淘尽，千古风流人物。故垒西边，人道是，三国周郎赤壁。乱石穿空，惊涛拍岸，卷起千堆雪。江山如画，一时多少豪杰。　遥想公瑾当年，小乔初嫁了，雄姿英发。羽扇纶巾，谈笑间，樯橹灰飞烟灭。故国神游，多情应笑我，早生华发。人生如梦，一尊还酹江月。

这两首词历来被公认为宋词中的经典，雄健、开阔、空灵、旷达。一首写"起舞弄清影"，"不知天上宫阙，今夕是何年"；一首写"大江东去"，"遥想公瑾当年，小乔初嫁了，雄姿英发"。两首词都是感叹宇宙的无限、时光的流转、人生的短暂，以及万事万物的生生灭灭，但最后归结为"但愿人长久，千里共婵娟"，"人生如梦，一尊还酹江月"，表现出

◎金代武元直《赤壁图》

超脱、旷达的人生态度。正如当时人所说，苏轼词"使人登高望远，举首高歌，而逸怀浩气，超然乎尘垢之外"。

这种高远的精神境界，是对有限的、世俗的人生的一种超越。陆游说："试取东坡诸词歌之，曲终，觉天风海雨逼人。"这种天风海雨的气势，这种逸怀浩气，出自苏轼广阔、旷达的胸襟，出自苏轼自由超脱的心灵节奏。

地位和影响

宋词是中国古代文学皇冠上光辉夺目的明珠，在古代中国文学的阆苑里，它是一座芬芳绚丽的园圃。它以姹紫嫣红、千姿百态的神韵，与唐诗争奇，与元曲斗艳，历来与唐诗并称双绝，都代表一代文学之盛。

宋代词人的这种承前启后的出色创造，把原本难登大雅之堂的民间小词，发展到具有高度表现力的辉煌的艺术形式，从而使它在文学史上占有了重要的位置，并且成为一种波澜壮阔的潮流。

宋代以后，元代、明代、清代都有大量的词作名家涌现。特别是清代的词坛更是活跃，人才辈出，名作如林，各种流派争艳竞秀，出现了欣欣向荣的局面。直到今天，词学仍然存在着强大的影响力，有着巨大的活力，仍为众多的人所喜爱，是具有广泛群众基础的文艺形式。

明清小说：在艺术享受中品味人生

- 《三国演义》：三国历史的全景画
- 《水浒传》：英雄人物性格的塑造
- 《西游记》：孙悟空的英雄主义精神
- 《红楼梦》：「有情之天下」毁灭的悲剧
- 深远影响

中国古典小说的发展在明清两代达到了成熟的阶段，出现了一大批优秀的长篇章回小说，还有一大批优秀的短篇小说集。

明清长篇小说从题材、内容和创作方法来区分，可以分为历史演义、英雄传奇、神魔小说、世情小说四种主要类型。在这四种类型中，最有名的代表性著作是《三国演义》《水浒传》《西游记》《红楼梦》。这四部小说的许多情节，被搬上京剧舞台，被改编成连环画、电视剧和电影。这四部小说中的主要人物，如《三国演义》中的诸葛亮、关羽、曹操，《水浒传》中的林冲、鲁智深、武松，《西游记》中的孙悟空、猪八戒，《红楼梦》中的贾宝玉、林黛玉，等等，还有这四部小说中的许多精彩的故事，如赤壁之战、武松打虎、大闹天宫、三打白骨精，等等，在中国几乎家喻户晓，老少皆知。

《三国演义》《水浒传》《西游记》《红楼梦》这四部小说，在小说艺术方面取得了杰出的成就，对中国民众的精神生活产生了广泛而深远的影响。

《三国演义》：
三国历史的全景画

罗贯中把自己的小说称作"通俗演义"，表明他是根据历史学家的记载加以发挥，"添设敷演"，通

◎皮影　三英战吕布（三国故事）

过讲述历史故事，塑造生动的历史人物形象，展现历史图景，使广大民众得到历史知识和历史经验。

《三国演义》在读者面前展现了一幅从东汉末年至西晋灭掉东吴这约一百年间的政治、军事、外交斗争的全景画。在这约一百年间，出场人物众多（书中写了一千多个人物，突出的人物有一百多个），政治、军事斗争错综复杂，波澜壮阔，但是《三国演义》写得有声有色，扣人心弦，同时又纵横交错，有条不紊，在艺术上达到了很高的成就。

罗贯中描绘这幅全景画，他的方法是创造一系列具有奇特性格的人物，同时又创造一系列十分精彩的故事情节，并把这两个方面结合起来。也就是说，他是通过故事情节来展现人物的性格和命运，又通过人物的性格和命运来展现五彩缤纷的历史图景。

在《三国演义》塑造的人物形象中，最突出的是三个人：诸葛亮、关羽、曹操。清初文学批评家毛宗岗称之为"三奇""三绝"：诸葛亮是"古今来贤相中第一奇人"，关羽是"古今来名将中第一奇人"，曹操是"古今来奸雄中第一奇人"。

《三国演义》这些奇异人物的性格和命运，都是通过这些人物的十分独特的、甚至是独一无二的行为，通过一系列十分奇特的情节和细节表现出来的。如诸葛亮，就是通过三顾茅庐、舌战群儒、草船借箭、借东风、七擒孟获、空城计、秋风五丈原等奇特的情节，塑造了他谋略过人、"鞠躬尽瘁，死而后已"的光辉形象。如关羽，就是通过温酒斩华雄、过五关斩六将、单刀会、刮骨疗毒等情节，塑造了他武勇神威和坚贞不屈的义士品格。

又如曹操，也是通过一系列奇特的情节和细节塑造了他"宁教我负天下人，休教天下人负我"的奸雄的性格。如第十七回，写曹操引兵十七万攻打袁术，粮食接济不及。曹操用计命仓管王垕以小斛散粮，以救一时之急。兵士以为王垕故意少分粮草，都发怨言。

于是，曹操把王垕秘密找来，说："我想问你借一件东西，以安抚士兵们的情绪，你一定不要吝惜。"王垕问："丞相想借什么东西？"曹操说："我想借你的脑袋用来示众。"王垕大惊失色，说："我没有罪！"曹操说："我也知道你没有罪，但不杀你，军心必变。你死后，你的家人由我照顾，你不必挂虑。"王垕还想说话，曹操早喊刀斧手把王垕推出门外，一刀砍下脑袋，高高挂在竹竿上示众，于是士兵们的怨恨才得以消解。这一回接着写曹操引兵攻打张绣，途中曹操的马踩坏了一大块麦田，曹操当即用长剑割断自己的头发，代替自己的脑袋，用来号令三军。

毛宗岗评论说："曹操一生，无所不用其借：借天子以令诸侯；又借诸侯以攻诸侯；至于欲安军心，则他人之头亦可借；欲申军令，则自己之发亦可借。借之谋愈奇，借之术愈幻，是千古第一奸雄。"

《水浒传》：
英雄人物性格的塑造

　　《水浒传》是一部英雄传奇，它描写宋代下层社会形形色色的英雄人物，在贪官污吏、土豪劣绅等社会黑暗势力的迫害下，起来造反，"撞破天罗归水浒，掀开地网上梁山"的故事。梁山泊义军的大小头领共有一百零八人，其中最有名的英雄人物有林冲、鲁智深、武松、李逵等人。他们见义勇为、慷慨任侠，在各自不同的被"逼上梁山"的经历中，展示出普通人难以企及的生命力和英雄气概。其中如景阳冈武松打虎、鲁智深大闹野猪林、吴用智取生辰纲等故事，都写得笔墨酣畅，兴会淋漓，充满了令人向往的神奇色彩。

　　《水浒传》在描绘这些英雄人物形象的时候，着重刻画他们每个人不同的性格。明末清初小说评论家金圣叹对于这一点曾作过精彩的分析。他认为,《水浒传》之所以吸引人,感动人,使人百读不厌,主要就在于它把这些英雄人物的独特的性格都写了出来。他说:"别一部书,看过一遍即休,独有《水浒传》,只是看不厌。无非为他把一百八个人性格都写出来。"又说:"《水浒》所叙,叙一百八人,人有其性情,人有其气质,人有其形状,人有其声口。"金圣叹还认为,《水浒传》所写的这些英雄人物的性格可以对读者的精神起一种振奋、鼓舞、净化、升华的作用。例如,阮小七是一个透明人物,"心快口快","使人对之,龌龊都销尽"。又如,鲁达见义勇为,"一片热血直喷出来","令人读之,深愧虚生世上,不曾为人出力。"

◎ 清代张琳绘《水浒传》人物图

《水浒传》描写这些英雄人物的性格，有两种不同的情况。一种英雄人物的性格特点，自始至终没有多大变化。如鲁智深，从一出场，就是"遇酒便吃，遇事便做，遇弱便扶，遇硬便打"，从不考虑个人的得失。还有一种英雄人物的性格特点，

◎明代刻本《水浒传》插图

则是随着他本人的遭遇和命运的变化而逐渐发生变化。林冲就是后面这种情况的一个典型。林冲是一个高级军事教官，"八十万禁军教头"。一开始高俅义子高衙内调戏他娘子，他采取委曲求全的态度。但是高俅并没有放过他，先是设计陷害他，把他发配沧州，接着又收买押送公人董超和薛霸，要在野猪林中结果他的性命。林冲还是一忍再忍。但是高俅步步把他推上绝境。林冲到沧州牢城营后，管营分配他看守草料

场。谁知这又是高俅的爪牙陆谦的阴谋。林冲到草料场后，在一个大雪天，陆谦一伙放火烧了草料场，要把林冲烧死。林冲长久郁结的一腔怨火终于暴发，他冲出庙门，手拿尖刀，杀死陆谦等人，在大雪纷飞中被"逼上梁山"。林冲的故事，把"乱自上作"和"逼上梁山"这两句话表现得最为淋漓透彻。

《水浒传》成功地塑造了一大批性格不同的英雄人物，特别是像林冲这样随着遭遇和命运的变化而性格不断发展的英雄人物，这是《水浒传》在小说史上的重要贡献。

《西游记》：孙悟空的英雄主义精神

《西游记》是讲唐僧取经的故事，但《西游记》的第一主人公是孙悟空。

孙悟空的故事分为前后两大板块。前一板块是讲孙悟空大闹天宫的故事，后一板块是讲孙悟空保护唐僧取经，一路上和各种妖魔鬼怪斗争的故事。这两大板块的故事包含有不同的意蕴。

孙悟空本是花果山的一个石猴，是天地日月的精华生成，是大自然的产物。但是，他要超脱一切自然规律和社会规范的制约，打破生死阴阳的界限，追求无拘无束、不生不灭的绝对自由，所谓"超出三界外，不在五行中"。他从菩提祖师那里学到了筋斗云和七十二变的本事，就开始了他的追求。他闯进龙宫，把一根重一万三千五百斤的天河镇底神珍铁变成"如意金箍棒"，作为自己的武器。他跑到地府，把掌管人间寿命的生死簿上自己的和其他所有猴族的名字一笔勾销。他又大闹天宫，打出"齐天大圣"的旗号，天兵天将被他打得落花流水。但最后他还是失败了，被如来佛压在五行山下。

孙悟空的失败不是偶然的。因为任何人，纵使有

◎ 清代刊本《西游记》插图之一

天大的本事，想要超脱一切自然规律和社会规范的制约，取得绝对自由，都是不可能的。书中有两个最有趣的例子。一是孙悟空与二郎神斗法，他把自己变成一座土地庙，嘴巴变庙门，牙齿变门扇，舌头变菩萨，眼睛变窗棂。但尾巴不好处理，他就把尾巴变成一根旗杆，变得很巧妙。但旗杆应该竖在庙前，他的旗杆却只能竖在庙后，这就露出破绽，被二郎神看破。这说明任何人都不能绝对超出自然的界限。二是孙悟空与如来佛斗法，孙悟空一个筋斗十万八千里，一直翻到天尽头，那里有五根擎天大柱。孙悟空非常得意，拔下一根毫毛，变成一支毛笔，在中间柱子上写了一行大字："齐天大圣到此一游。"谁知他根本没有跳出如来佛的掌心，那五根擎天大柱不过是如来佛的五根手指。这也说明任何人不能跳出天地的界限，人不可能有绝对的自由。

孙悟空被唐僧从五行山下救出，保护唐僧去西天取经，途中经过九九八十一难，千辛万苦，终于取得真经，修成正果。这后面的故事与前面的故事相比，

◎皮影 《西游记》

性质改变了。这是讲孙悟空为了达到一个伟大的目标,艰苦奋斗的故事。孙悟空的性格也有变化。"大闹天宫"的孙悟空的性格是天不怕地不怕,藐视一切权威,不守任何规矩,敢打敢冲,而取经路上的孙悟空则机智、勇敢、风趣、乐观,为实现一个理想目标而奋斗,征服一切困难(取经路上共有"九九八十一难",这"九九八十一"的数字意味着无限),是一个百折不挠的英雄主义的人物形象,在他身上体现了中国古代神话传说中的夸父追日、精卫填海、女娲补天、愚公移山的理想主义和英雄主义精神。

◎ 清代刊本《西游记》插图之一

孙悟空为实现理想目标，不仅要与外界的妖魔斗争，而且要和自己内心的妖魔斗争。九九八十一难中的第四十六难，就是写这样一个故事。故事先是写孙悟空打杀了几个拦路抢劫的草寇，触怒了唐僧，唐僧执意赶走了孙悟空。这时，有一个六耳猕猴乘唐僧身边无人，变作孙悟空，把唐僧打倒，抢了行李，宣称："我自己上西方拜佛求经，送上东土，我独成功，教他南赡部洲人立我为相，万代传名……"这一来就出现了两个孙悟空，一个真孙悟空，一个假孙悟空，这两个孙悟空"同像同音"，连观音菩萨都分不清。这个假的孙悟空，其实是孙悟空内心产生的"魔头"，是孙悟空潜意识的外化。所以小说作者一再说："人有二心生祸灾"，"二心搅乱大乾坤"。人要实现崇高理想，不仅要和外界妖魔作斗争，还要与自己的"心魔"作斗争，要"剪断二心"。"剪断二心"，是战胜自我、提升自我的艰苦过程。这显示出《西游记》这部神魔小说在描写人性方面达到了相当的深度。

《西游记》的故事充满了神奇瑰丽的幻想，又充

◎清代孙温《全本红楼梦》插图之一

满了幽默和诙谐,无论对大人还是小孩子都有很大的吸引力。同时,《西游记》的故事又包含有哲学的意蕴,给人以人生的启示。

《红楼梦》: "有情之天下"毁灭的悲剧

《红楼梦》是中国古典小说发展的顶峰。

◎ 清代孙温《全本红楼梦》插图之一

《红楼梦》以前所未有的广度和深度真实反映了清代前期的社会面貌和人情世态，深刻揭示了封建贵族制度的腐败。

小说描写了贵族之家贾府的内部和外部的社会关系：经济关系、政治关系、家族关系，描绘了各种各样的人物，极为真实，极为深刻，在读者面前展现了一幅社会生活的广阔图景。这在中国小说史上是空前的。如第五十三回写黑山村的乌庄头到贾府交租，那是一个荒年，乌庄头送来米一千担，柴炭三万三千斤，

◎清代孙温《全本红楼梦》插图之一

干虾二百斤，熊掌二十对，鹿舌牛舌各五十条，海参五十斤，鸡、鸭、鹅共六百只，各种猪一百只，各种羊八十只……又卖去粱谷牲口各项，折银二千五百两。乌庄头一面叩头，一面哀诉年成不好。而贾府主人贾珍却大为不满，皱眉道："我算定了你至少也有五千两银子来，这够做什么的？""这几年添了许多花钱的事……不和你们要，找谁去？"这段描写非常真实地反映了封建贵族和佃户之间的经济关系。

◎清代孙温《全本红楼梦》插图之一

又如,贾府的亲戚、身为"皇商"的薛蟠,打死了人,如"没事人一般",自谓"花上几个钱没有不了的"。又如贪酷成性的贾雨村,为了结交豪门,想夺取石呆子手中的扇子,就害得他家破人亡。再如凤姐为了三千两银子的贿赂,便拆毁张金哥的姻缘,神不知鬼不觉地害死两条人命。小说中这许许多多描写,都极深刻地揭示了当时社会的种种黑暗现象,揭示出在充满"诗书翰墨之香"的贵族家庭里,隐藏着无数的罪恶。

　　曹雪芹在《红楼梦》开头说,这本书"大旨谈情"。曹雪芹的人生理想是肯定"情"的价值,追求"情"的解放。曹雪芹要寻求"有情之天下",要寻求春天。但现实社会没有春天,所以他就创造了一个"有情之天下",也就是大观园。

　　大观园是一个理想世界,是一个春天的世界,那里处处是对青春的赞美,对"情"的赞美,对少女的人生价值的肯定和赞美。大观园这个

"有情之天下",好像是当时社会的一股清泉,一缕阳光。但是这个理想世界,这个"有情之天下",被周围的恶浊世界所包围,不断受到打击和摧残。林黛玉的两句诗:"一年三百六十日,风刀霜剑严相逼",不仅是写她个人的遭遇和命运,而且是写所有有情人和整个有情之天下的遭遇和命运。

在当时的社会,"情"是一种罪恶。贾宝玉被贾政一顿毒打,差点儿被打死,大观园的少女也一个一个走向毁灭:金钏投井,晴雯屈死,司棋撞墙,芳官出家,鸳鸯上吊,尤二姐吞金,尤三姐自刎……直到黛玉泪尽而逝,这个"千红一窟(哭)""万艳同杯(悲)"的伟大交响曲的音调层层推进,最后形成了排山倒海的气势,震撼人心。"冷月葬花魂"(林黛玉诗句),是这个悲剧的概括。最后,有情之天下被吞噬了。

鲁迅说："悲剧是将人生有价值的东西毁灭给人看。"《红楼梦》正是如此。这是一个带有民主主义和人文主义倾向的人生理想在封建"末世"遭到毁灭的悲剧。

《红楼梦》在艺术上的很多方面都取得了很高的成就。

《红楼梦》塑造了一系列极有典型意义的人物性格和形象，如宝玉、黛玉、宝钗、妙玉、晴雯、鸳鸯、王熙凤、贾母、贾雨村、尤二姐、尤

◎ 清代改琦《靓妆倚石图》

三姐等。曹雪芹除了通过他们的语言、行动来刻画他们外，还特别重视对人物心理的直接刻画，在人物描写方面开辟了一个新的境界。

曹雪芹以他极其丰厚的学识修养，把中国历史上长期积累起来的传统文化，几乎包罗无遗地全部安插在《红楼梦》里：经学、史学、诸子哲学、散文、骈文、诗赋、词曲、平话、戏文、绘画、书法、八股、对联、诗谜、酒令、佛教、道教、星相、医卜、礼节、仪式、饮食、服装以及各种风俗习惯。对所有这一切他都描写得很细致、生动、准确。所以人们常说，《红楼梦》是一部中国传统文化的百科全书。一个人如果把《红楼梦》细读一遍，相信可以大大提高自己在中国传统文化方面的修养。

深远影响

明清小说对中国社会产生了深远的影响。

首先,它打破了以往儒家文化对文学的主导地位,为后世文化的多元发展提供了契机。其次,明清小说以其真实的描写和丰富的题材,推动了社会变革和文化事业的发展。小说成为人们了解社会、批判社会的重要工具。此外,明清小说还为后世文学提供了丰富的创作模式和文学范式。

总之,明清小说以其广泛的题材、写实的风格、丰富的情节以及对社会的影响,成为中国小说发展史上的重要里程碑。它们对后世小说的发展产生了深远影响,为后代文人提供了宝贵的创作经验和启示。明清小说不仅在中国文学史上独具一格,也对世界文学的发展作出了重要贡献。